비울 수 없는 그리움

비울 수 없는 그리움

초판 1쇄 인쇄 2024년 11월 20일
초판 1쇄 발행 2024년 11월 20일

지은이   조이숙
펴낸이   백대현
펴낸곳   정기획(Since 1996)
출판등록 2010년 8월 25일(제2012-000003호)
주소   경기도 시흥시 서촌상가4길 14
전화번호 (031)498-8085, 010-2310-8085
팩스번호 (031)498-8084
이메일   cad96@naver.com

편집/제작 (주)북랩

ISBN   979-11-93579-03-9 03810 (종이책)
          979-11-93579-04-6 05810 (전자책)

비울 수
없는
그리움

조이숙 시집

정기획

월요일 오후 외래를 시작하기에 앞서, 차트를 열고 예약된 환자 명단을 확인합니다. 익숙한 이름을 명단에서 확인하고 나니 등 뒤에 괜히 식은땀이 흐릅니다. 만성질환이 아닌 중증외상환자의 치료를 업으로 삼고 있기에, 잘 치료하고 퇴원한 환자분이 오랜 시간이 지나고 나서 불쑥 외래를 예약했다고 하면 '무슨 문제가 생긴 것일까?', '외상 치료 자체는 다 끝났는데…….', '왜 오시는 걸까?' 고민하며 다시 그동안의 진료기록을 확인합니다.

　2023년 2월, 한 여성분이 불행한 사고를 당해 닥터헬기로 우리 병원에 이송되었습니다. 소위 '목숨이 경각에 달린 상태'이었기에 빨갛고 노란 피를 주렁주렁 달고, 바로 수술실로 옮겨서 수술하였습니다. 손상이 심했기에 수술은 두 번에 걸쳐 잘 끝냈고, 모든 수술이 끝나고 인공호흡기를 제거하고 진정제를 끊고 나서야 환자분과 처음으로 대화를 할 수 있었습니다. 비록 몸도 마음도 힘든 상황이었지만 꿋꿋하게 이겨내려고 노력하는 모습에 저와 저희 팀원들은 모두 그녀를 응원하고 있었습니다. 그 뒤에도 여러 합병증으로 고생하셨지만 씩씩하고 명랑하게 치료를 받으셨고, 이제는 다 끝났다고 생각하며 퇴원을 설명하던 순간 간에 꽂혀 있던 배액관으로 빨간 피가 주르륵 나오는 모습에 주치의인 저는 속으로 적잖이 당황했습니다. 정작 환자였던 작가님은 저를 신뢰하신다면서 침착하게 치료에 임하셨는데 말이죠. 다행히 잘 치료되어 퇴원하셨습니다.

그 환자분이 바로 시집 『비울 수 없는 그리움』의 주인공인 조이숙 작가님입니다. '왜 오시는 걸까?' 궁금해하는 찰나 작가님이 진료실로 들어오셨고 잘 지내신다면서 시집을 출판할 예정이라는 반가운 소식을 전해주셨습니다. 이 이야기를 들은 제 동료들이 "인생 멋있게 사시는 분"이라며 같이 축하하며 감탄을 하네요.

의사가 병원에서 보는 사람은 크게 두 부류입니다. 근무복이나 가운을 입은 의료진 및 병원 직원, 그리고 환자복을 입은 환자와 그의 가족들. 13년간의 의사생활 동안 접했던 근무복을 입지 않은 사람들은 대부분 환자 및 환자 가족인 셈이지요. 외상외과 의사의 환자는 크게 다친 분들이라 처음에는 대화가 불가능한 경우가 많고, 이후에도 환자 분이 아프다는 이야기를 들어주고 왜 그런지 의학적으로 잘 설명하는 것이 일상적인 대화의 대부분입니다. 퇴원한 환자가 외래에 내원하시더라도 여전히 저에게는 환자이기 때문에 대화는 대개 의학적인 내용에서 크게 벗어나지 않습니다. 그렇기 때문에 시집에 담을 추천평을 부탁하기 위해 제 연락처가 없다며 외래를 예약하고 반갑게 진료실에 들어오신 조이숙 작가님은 저에게는 신선한 충격이자 깨달음이었습니다. 여태까지 이런 경험이 없었거든요. 제 환자가 되기 전에는 모두들 평범한 일상을 살던 사람이라는 사실을 망각하고 있던 제 자신이 부끄러웠고, 제 손을 거쳐 가는 환자분들이 일상으로 되돌아갈 수 있도록 더 많은 노력을 쏟을 것을 다시한번 다짐하게 되었습니다.

생과 사를 오갔던 과거의 트라우마에서 벗어나기 위해 더욱더 명랑하고 꿋꿋하게 지내려고 노력하는 그녀의 모습을 잘 알고 있기에, 작가님의 글에는 평범한 일

비울 수 없는 그리움

상에서 느낄 수 있는 사랑과 그리움의 소중함이 가득 담겨 있을 것이라 생각합니다. 힘든 시기를 이겨낸 원동력이었던 드러나지 않던 강인함이 '시'로 승화되어 삶에 대한 따뜻한 위로를 줄 수 있을 것 같습니다. 나이로는 조카뻘 되는 저에게 생명의 은인이라며 추천사를 부탁하러 오신 작가님께 진심으로 감사드립니다. 작가님 덕분에 저도 외상외과 의사로서 형언할 수 없는 행복과 보람을 느낄 수 있었습니다. 저는 전형적인 이과생이라 필력이 미천하여 다른 작가님 들처럼 멋들어진 추천사를 쓰는 일이 쉽지는 않습니다만, 그래도 작가님의 현재와 미래를 응원하는 마음을 가득 담아 이 추천사를 바칩니다.

아주대학교 병원
경기남부권역 외상센터
김진주 (진료조교수)

내가 『어설픔(한 번도 제대로 쉬어보지 못한 이들에게)』이
라는 책을 처음 낸 것이 51세였다. 책을 쓸 때는 몰랐
는데 나에게 첫 책은, 육신이 태어난 것은 1961년이었
는데, 내 정신이 온전히 다시 태어나는 경험을 하게 해
주었다.

　내가 나로…….
　내가 이 세상 속에서 분명한 자아(自我)로 서는 경험
을 하게 되었다. 그래서 이번에 조이숙 선생님이 첫 시
집을 내신다고 추천사를 부탁받고 부끄럽지만 감히 세
상의 한 존재로 다시 태어나는 우주적인 잔치에 마음
을 보태어 본다.

　내 인생은 10대에는 마냥 삶에 대해서 무지갯빛 꿈
을 꾸었고 20대에는 세상 속에서 꿈을 찾아 온 세상을
돌아다녔다. 30~40대에는 한의사라는 직업 덕분에 많
은 사람과 삶을 만날 수 있었다. 나는 그 사람들 속에
서 보았다. 상처투성이인 영혼의 모습을.

20대에 무엇도 모르고 좋아했던 랭보의 시처럼….
내면의 피를 철철 흘리며 살아내고 있는 사람들을….
그럼에도 불구하고 모든 사람 속에 빛나고 아름다운
영혼이 있음을 확인하고 경험하는 이야기를 담은 책을
낸 것이 『어설픔』이었다.

조이숙 선생님을 만난 것은 그 무렵이었다. 전쟁 같
은 현실에서 제대로 치료는 고사하고 쉴 수도 없는 전
사처럼 정신없이 살아내고 있는 그녀를 보았다. 그때
그녀는 계룡산 산속에 있는 '랑데부'라는 식당을 운영
하고 있었다. 사실은 랑데부라는 간판은 그녀가 운영
하기 전에 본래 건물에 붙어 있는 간판을 무슨 이유인
지 그냥 쓰셨다. 나는 그녀가 운영하기 전에도 그 랑
데부라는 식당을 애용했었다. 랑데부라는 단어는 프
랑스어로 만남이라는 뜻을 의미한다. 산속이라 저녁이
면 쌀쌀함을 일찍 느끼는 곳이라 그녀는 두꺼운 외투
같은 옷을 입고 있었다. 그렇게 그녀를 만났다. 전투복
같은 옷을 입고 전장의 한복판에 서 있는 그녀를….

사람을 관찰하는 직업을 가진 한의사다 보니, 한때
는 문학을 꿈꾸었고 인문학을 좋아하는 한의사다 보
니 속 이야기를 나눌 수 있는 관계는 아니었지만 나름
으로 많은 것이 느껴지고 이해하고 상상하는 또 다른
관계가 되었다. 그래서 어쩌다 시골에 있는 우리 한의
원에 와서 차를 마시며 침을 맞으며 황토방에 쉬었다
가시곤 했다.

　　어릴 때 보았던 만화 중에 전차를 모는 독일 병사가
길에 난 들꽃을 피해 운전하는 장면이 있었는데 나에
게 평생 기억되는 아름다운 한 컷이었다. 인간 안에는
겉하고 다른 또 다른 속이 있음을, 선하고 아름다운
마음이 있음을.
　　그때 보았던 조이숙 선생님은 세상의 전투복 속에
아름다움을 꿈꾸고 더 깊은 것을 갈망하는 소녀의 여
리고 선한 내면이 있었다. 봄이 오는 겨울에 살얼음 밑
에 흐르는 맑은 물처럼…….

　　그랬던 그녀가 60대 초에 시집 원고를 들고 찾아오셨
다. 몸은 전쟁에서 많이 상하신 채로.
　　그런데 눈빛과 얼굴은 해맑은 모습으로 아이처
럼……. 차마 그때는 말이 안 나와 못 했지만 지면을

통해 말씀드린다.

정말 축하한다고…….
정말 애쓰셨다고…….
선생님은 승리자라고…….

시인은 이 세상에 고귀한 자다. 아름다움을 보고 삶 속에서 의미를 보석처럼 채굴하여 세상을 살아가고 있 는 사람들에게 별빛처럼 보여주는 시인은 정말 위대한 자다.

위대한 인생에 경배드리며…….
감사합니다.
고맙습니다.

이렇게 멋진 삶을 살아주셔서!

이기웅
원광대학교 한의학과 졸업
현재, 논산 햇님쉼터한의원 원장
저서: 『어설픔』(2011), 『혼자 아파하는 사람들』(2016)

프롤로그

내 삶에 물음표조차 던져볼 틈이 없이 여기까지 왔다.

한 줄기 빛조차 허락하지 않는 기나긴 터널 속에서 수없이 흘렸던 눈물. 사랑하는 이들에게 외면당했던 설움. 옥죄이는 금융권들 앞에서 무참히 짓밟혀진 인격. 그렇게 나락으로 떨어진 내게 손 내밀기는커녕 오히려 끝까지 이용하며, 죽음으로 내몰던 모진 사람들……

글을 쓴다는 것은 내게 유일한 호흡이었다.

이미 희망의 끈을 놓아 버린 채 아침이 오지 않기를 기도하던 내게 오직 문드러진 나의 울분들을 토해낼 수 있는 방법은 이것뿐이었으므로……

그렇게 난 가까스로 희미한 삶의 끈을 놓지 않고 살 수 있었던 것 같다.

비울 수 없는 그리움

감히 '시'라고 하기에도 부끄럽고 어설픈 나의 속 이야기들이 10여 년이 흐른 지금, 한 권의 책으로 엮어지고 그것을 위해 아낌없이 응원의 힘을 주신 분들께 진심으로 고개 숙여 감사함을 전하고 싶다.

조이숙

차례

비울 수 없는 그리움

외로운 숲길 홀로 선 고목 한 그루
바라보는 이 하나 없이 세월은 흐른다
어디메 흩뿌려져 예서 머물렀을까?
고향인 듯 아닌 듯 쓸쓸함만 남기고
오늘도 간절히 원하는 누군가의 눈길

기약 없는 기다림은 또 다른 계절을 맞이하고
여전히 같은 모습 같은 자리 고목 한 그루
이파리 마다마다 수북한 서러움
봄비에 패이는 피맺힌 상처들
그렇게 또 하루해가 저문다

이제는 스러져 사라질 날들을
힘없이 기다리며 숙일 법도 하건만
여전히 놓지 못하는 관심의 목마름이여!
오늘도 여전히 포기할 수 없는
그대의 눈길이여!
사랑하는 이의 그리움이여!

생일날

쉰둘 생일에 날아온 고운 카드 한 장
속 깊은 사랑시여라
삶은 보이는 것만 보라 하여
멀어진 것들을 잊게 하지만,
사랑은 때때로 기억 한 켠 더듬어
추억으로 날아가게 해
세월 묻은 사랑 시는
어느 날 문득
잠자는 내 영혼 깨우네
잊고 살아온 그리움은
알알이 돋아 오르고
먼지 뽀얀 앨범 속을 뒤적이게 해
아아!
사랑은 녹슬지 않는 것을
그저 잠시 잊고 살 뿐이지

계룡산을 바라보며

물오른 계룡산이 숨을 쉰다
볕에 잠들다 깨어나는 듯
골골이 기지개를 켠다

밤비는 사락사락
치맛자락 소리를 내며
제법 길게 걸었는가 보다

계룡산 거친 숨소리가
활기차게 이어지고
한숨 짓다 밤을 지새운
어리석음을 꾸짖는다

인간의 아둔함으로
무엇을 해결하려는가?
가슴을 쥐어뜯는다 한들
무슨 소용이 있을까?

비울 수 없는 그리움

이곳서 저곳의
계룡산을 바라보듯
그저
바라보며 기다리면 되는 것을

폴짝거리며 뛰어 봐도
그예 한 치 앞인 것을
치마 입고 뛴다 해도
바지 입고 뛴다 해도
어차피 보는 것보다
빠르지 않을 터

여인이여!
이제 가려던 길 멈추고
큰 숨 쉬는 계룡산을 바라보라
신의 시계는
어느 결에 좋은 것으로 갚아 주리니

비단풀

고운 흙 마다하고
자갈 속에 피어난 풀

돌 사이 갇힌 몸이
아프기도 하련마는
가늘고 질긴 줄기
자갈 속에 눕혔네

애써 아껴주는 이 하나 없이
태곳적 긴 세월
자갈 속에 살아 왔네

한여름,
병든 자를 낫게 하고
슬픈 자를 위로하며
거룩한 빛으로
죽음을 맞는다

비울 수 없는 그리움

라일락 이파리

봄 하늘
퍼져가는 라일락 진한 향기
굳이 코끝을 대지 않아도
네가 피어남을 안다

하얀색 보랏빛
시샘하듯 꽃 피우고
온갖 잡내음
그 깊은 향기로 품어버리니
밴댕이 속 부끄러운
나조차 무릎 꿇으리

씹을수록 아파오는 이파리마다
쓰디쓴 삶의 설움 묻어나오고
가래로 삭혀버린
세월의 미움들을
기어이 뱉어내고 토하게 하네

안개비

가질 수 없는 사랑은
안개비가 되어 가슴만 채울 뿐입니다
단 한 번만이라도 잡을 수 있으면 좋으련만
희미한 그 모습은 그저 아련할 뿐입니다
강가 휘도는 안개비는
무지개조차 용서하지 못하고
비늘 없는 물고기도 삼켜 버립니다
형체가 없어야만 품어주는 안개비!
내 사랑은 그렇습니다
모습을 드러낼 수도
소리 내어 부를 수도
그저 안개비 속에 스미어야 하는
가슴속
내 아픈 사랑은
그렇게 서글프게 안개비 속에 스며듭니다

비울 수 없는 그리움

빈 가슴으로 사르리

하루는
기쁨과 슬픔을 공유하며 살라하고
또 하루는 가진 것을 비우라 하네
우리네 가슴 안에 무엇이 남아
죽음 뒤 누구에게 무엇을 남기리
어느 때
삶의 의미를 되새기려 할 때
이름 있는 누군가로 살려 하지만
내 안에 욕심들이 속이게 하고
나 아닌 누군가를 슬프게 하네
어리석음은 날마다 나를 채찍질하며
이제는
빈 마음으로 살라 하네

단비를 기다리며

말라버린 여름은
땀에 젖은 농부의 그을린 살갗에
한숨 묻은 주름을 그려 놓고
가을을 기다리는
소박한 기도마저 외면하네
여름밤
서늘한 바람은 아니 불어도 좋으련만
단비의 흔적조차 없애려는 듯
반갑지 않은 바람이 불어오네
아!
애간장 태워 가며 기다리는
빗물의 흐느낌이여!

비울 수 없는 그리움

뒤돌아 오던 날

님을 보내고 오는 그 길엔
세찬 봄비가
고운 꽃잎을 흩뿌리더이다
차창에
나부끼는 꽃잎은
그 아픔을
소리 없는 흔들림으로 견뎌내더이다
그렇게
우리는 질긴 인연의 끈을
봄비 속에 실려 보냈지요
얼마나 가슴 시리게 사랑했던가요
분명
선택의 날이 오리라
모르진 않았지만
사랑했던 추억들이
가시가 되어 삭신을 찔러대더이다
문득
저만치 새싹 무르익은 잔디 위에
서리 잔잔한 여인이 울고 있더이다

아이야 ! (부제: 딸에게)

아이야!
하얀 눈이 어제 온 듯한데
오늘은 벚꽃이 흰 눈 같구나

줄넘기 두 번 넘고
고무줄 폴짝거리며
끼리끼리 짝지어 놀던 날이
바로 어제인데
거울 앞 여인네 뒷머리엔
어느새 서리가 하얗구나

내가 탄 기차가 이리 빠를 줄 차마 몰랐더란다
언제까지나
엄마 품에서 노닐 줄 알았더란다

아이야!
너는 세월을 아끼려무나
마음껏 네 꿈을 펼치려무나

비울 수 없는 그리움

그래서 먼 훗날

입꼬리 치켜세운

밝은 웃음 지으려무나

단비

새벽부터 내린 보슬비는
말라버린 대지 위에 내려앉아
보드라운 흙물로 흘러내린다

오그라든 이파리가
손바닥을 펴고
하늘의 선물 받아 마시며
이제야 한숨 걷어 쉰다

땀 적신 내 님의 이마에도
짙은 주름 펴지고
오늘은
하늘 보며 웃고 있으리

비울 수 없는 그리움

산책길에서

물빛 풀어놓은 하늘엔
구름이 만발하고

초록 무성한 숲길엔
수줍은 꽃 처녀 마중하네

좁다란 오솔길엔
꽃잔디 퍼져나가고

향기 실은 꽃바람은
살 속을 파고드누나

연못가에서 나그네 되어

무작정 길을 나섰습니다
먹먹한 가슴 달랠 길 없어
그저 네 바퀴에 몸을 실었습니다
내비가 길을 인도하는 건지
내가 내비를 끌고 가는 건지

별빛도 달빛도 숨어버린 하늘은
무심하게 캄캄하기만 합니다
오색 조명 불빛에
고요한 연못이 나를 부릅니다
꽃망울 하나 없는 검붉은 연못엔
연잎만이 널브러져 누워 있습니다

어디선가 울부짖는 황소개구리 소리
묵직한 그 소리에
잔 개구리는 울음을 멈추고
연못의 고요 속으로 숨어 버립니다

비울 수 없는 그리움

길 따라 내 키만큼 자라 버린 억새가
작아진 나를 반깁니다
인적 드문 벤치에 잠시 숨을 고르고
어둠 속에 숨어 버린 연못을 바라봅니다

가슴 저 밑바닥에서 불덩어리가 솟구칩니다
꺼이꺼이 삼켜진 통곡은
황소개구리 소리에 묻혀버리고
물결 하나 없는 연못 속으로 하염없이 섞이고 맙니다

아직도 설움이 남아 있다는 것이
가슴 찢어질 듯한 목메임이
뱉어낼 곳조차 없는 서글픔이
굵은 빗방울 기다리는 간절함으로 기도하게 합니다

딱히 갈 곳도 없으면서
내 몸 하나 편히 누일 곳도 없으면서
무모한 길 떠남을 정한 이유는
그저 울고 싶었을 뿐입니다

치자꽃

여름밤

여섯 잎 별꽃이 피었습니다

주홍 열매 맺으려

고운 별꽃 피었습니다

밤길 비추인 하얀 꽃

아픈 속살 내 보이며

가을바람 기다립니다

여름 들녘의 코스모스

여름 들판
태양의 열기 뜨거운 줄 모르고
코스모스 꽃 피었네
바닷바람 갈바람으로 착각했을까?
어린 몸 해풍에 시달리네
제 피어날 때조차 모르는
철없는 코스모스
여름철 더운 바람이 네 것이 아니요
가을철 산들바람이 네 것이란다

세상 만물이 다 때가 있는 법
순리를 거스른 듯 피어난
너의 가녀린 몸짓이
나그네 갈 길을 붙잡는구나
유월도 이만하건만
팔월의 열풍은 또 어찌하려나
흩어진 씨 모아 한 형제로 피었으니
모질고 고된 길 벗 되어 견디려무나

뒷사랑

결코 가질 수 없는 당신이기에
이리도 애절한지 모르겠습니다
그러나
이리 세월이 흐른다 해도 후회하지 않을 겁니다
이미 당신은
내 가슴에 지울 수 없는 화상처럼 각인되었으니까요
문득,
당신의 고른 치아를 그려보며
달디단 입맞춤을 하고픕니다
당신과 하나가 되어
마음껏 내 고된 삶을 기대고 싶습니다
사랑하는 이여!
당신은 내 삶의 주인공이 되어 나를 손잡아 줍니다
기억 하나만으로도 충분한 선물을 주셨습니다
원하면 갖고자 하는 것이 인간의 마음인지라
욕심을 버린다는 것이
밤새 바늘 끝 세워 찔러대는 아픔이외다
연이 닿은 것이 죄라면 죄

비울 수 없는 그리움

더구나 사랑한다는 것은 더욱 큰 죄라
그저 바라보는 것으로 족해야 한다는 것을 압니다
멀리서 겨울 하늘을 가르는 저 흰 새 한 마리처럼
앞서 나는 새의 뒷모습을 바라봐야 하는 애달픔이
미루어 짐작하듯 그리 서럽지만은 않을 것이기에

남해바다 몽돌들

날마다 때려대는 파도에
반항할 수조차 없는 너는 얼마나 아팠을까?
휘몰리는 파도가 시키는 대로
그렇게 굴러갈 수밖에 없는 너는 얼마나 또 울었을까?
원시의 네 모습 어느 틈에 사라지고
바닷가 외진 곳까지 떠밀려진 몽돌들
때로는, 산짐승처럼 포효하는 검붉은 파도와,
때론, 상처를 어루만지는 물 결속에서,
침묵의 세월을 견뎌온 너 몽돌들이여!
이유 없는 흔들림에 떨며
변덕스러운 파도의 이기까지
온몸으로 감당해 온 너이기에,
파도의 왕 쓰나미가 밀려와도
생채기 하나 없이 살아날 수 있으리라

비울 수 없는 그리움

용의 승천

발톱 웅크리고 이마의 뿔 곧추세운
너의 이름은 잠룡이라
장구한 세월의 한을 품고
오직 하늘을 날기 위해
깊은 잠 숨죽이는
너의 이름은 이무기라

무수히 많은 실뱀의 시달림도
한줄기 빛조차 바랄 수 없는
칠흑 같은 어둠조차도
참혹한 인내 뒤에 오를 저 하늘을
감히
주저앉힐 수 없으니

이제
때가 되었나니
비늘이 갑옷 되어 너를 덮었고
땅에서 보잘것없던 너의 모습은
찬란한 빛을 받아 보석처럼 화려하구나

비온 뒤의 독백

눈을 가리고 있던
뿌연 막이 걷힌 듯,
산 너머 저 끝 하늘엔
물빛 하늘이 맑아오네

봄비 맞아 짙푸른 산골엔
연기처럼 물안개 피어나고,

뿌연 먼지 소복한
아스팔트 위에는
물빛 맑은 주단이 깔려 있네

산은 바다고,
바다는 산이어라!

그 작은 눈에 보인
산이고 물이라 하는 경계가 무엇일꼬

비울 수 없는 그리움

그래봤자

하늘에서 내려주는 비는

골고루 세상을 적실 뿐이거늘

짝사랑

남모르게 바라보는 사람이 있습니다
행여 눈이 마주칠까 조마조마
표정 하나 놓칠 수 없어 바라보지만,
내 속내 들킬까 봐 두렵습니다

세잎 무성한 클로버 밭에서
네잎클로버 찾아내듯
그 사람 모습에 내 시선이
그대로 멈춰 버렸습니다

호탕하게 웃는 입가에
기분 좋게 그려진 주름이
사려 깊은 그를 말합니다

때때로
무섭도록 매서운 눈매는
갈무리한 내 속내마저
들켜버릴까 숨어버리게 합니다

그러나

나는 그 사람이 알고 싶습니다

그 사람이 나를 보고 웃었으면 좋겠습니다

들킬까 봐 두렵기도 하지만

차라리 내 속을 들키고도 싶습니다

숨어서 바라보기보단

마주하고 싶기 때문입니다

어느 날

천둥 번개 사정없이 내려칠 때

말하고 싶습니다

이제는 둘이서 마주보면 안 되겠냐고

둘이라는 것

하나가 외로워 둘이 만났을까?
살갗 붙인 사랑이 부럽구나
평생 살이 사랑은 선물인 게야
그렇게 의지하고 사는 게 행복이지

덜하고 더하고 아무 의미 없지
함께여서 외롭지 않은 것을
박 터지게 싸운들 또 어떠리
자고 나면 그만인 것을

입안에 곰팡이 스멀스멀 피어나고
휑한 눈 초점 없이 바라보아도
벽 바라기보단
거울 바라기가 더 나을 게야

봄꽃이 어느새 여름 땀으로 젖어들고
이제 곧 시몬이 찾아오겠지
하얀 눈꽃 고깔모자 쓰고 올 때엔
내 손에 네 손이 얹어 있으리

갱년기와 사춘기

내 나이 마흔에
선물처럼 네가 왔단다
주변 우려 다 뒤로하고
오직 너 보고픈 마음 쓰다듬으며
열 달을 기다렸지

눈부신 오월의 푸르른 날!
너의 울음소리는 내 심장을 달구었단다
뉘라고 제 자식 어여쁘지 않으랴마는,
두 아이 다 키운 후에 만난 너는
유독 만지기 아까운 자식이었지
목숨 걸고 얻은 자식이어서일까?
속 한번 끓이지 않게 해준 자식이어서 일까?
어련히 잘 커주려니 믿어버렸다

내 굴곡이 지 굴곡이 되어 아팠으련만,
내색 한번 없이 잘 견뎌준 너였기에,
아니, 외려 날 위로하던 너였기에,

비울 수 없는 그리움

어민지 자식인지 모르게 그렇게 살았던 것 같다

어느 날!
봄이 지나는 듯 모르게 여름을 맞이하듯,
너의 사춘기라는 녀석이 찾아왔다
네 눈빛이 달라지고
네 말투가 달라지고
네 행동이 달라지고

회오리바람 같은 너의 변화는
주체할 수 없는 외로움 속으로 나를 밀어 넣고,
숨죽이며, 너를 바라볼 수밖에 없이
무력한 어미로 주저앉게 했다
차라리, 늘 말썽쟁이였더라면, 조금은 편하지 않았을까?
늙은 어미의 갱년기는,
어린 딸의 사춘기에 밀려,
미처 아플 새도 없이 지나가 버렸다

먹구름 걷힌 수요일의 하늘이 푸르디푸르다
너의 사춘기 회오리바람도,
차츰 그 기세가 야위어 들고,
본연의 네 모습으로 돌아오려는 것 같다
큰 한숨이 지나갔는지
내 마음도 어느새 잔잔해진다
더 쪼그라질 수도 없는 심장이
이제야 제대로 박동하는 듯하다
예쁜 네 얼굴의 미소도 반갑고,
"잘 다녀와" 소리에 "다녀올게" 대답 소리도 반갑다
함께 여행하자는 내 말에 고개를 끄덕이는 네 모습이
천사처럼 어여쁘다

아아!
철없는 어린 딸의 사춘기여!
이렇게 물이 흐르듯 지나가자
딱 요만큼만 아프고 가자

열세 살 사춘기

어린 새는
날개 여미고 어미 품을 찾는다
잘게 깨문 맛난 것 새끼 입에 맛보이고
행여, 다칠세라
품조차 열질 않는다

석류머리 같던 입술이
부리 되어 찍어대고,
좀체 여린 날개
파드득 활개 치며,
비상 준비 끝낸 듯,
어미 품 필요 없다 손사래 쳐대는데

언제부터 날개 밑 가시를 키웠는지
어미조차 분간 못 해
온몸을 찔러대네

달팽이의 여유를

산에서 뿜어대는 긴 한숨은
하늘과 땅의 경계를 허물고,
잿빛 하늘 둥둥 떠다니는 조각배는
조급한 나를 채찍질한다

달리는 인생이나 걷는 인생이나
무에 그리 다를까마는
몸보다 앞서가는 마음 때문에,
실수로 멍든 상처들

세 치 혀는 마음보다 더 급해서
곁에 가까이 있는 당신까지
내 눈에 머물 시간조차 주질 못하네
양치질을 못 한 내 혀로 인하여

하늘 땅의 담벼락은
오래전에 허물어졌건만,
내 안에 지어놓은 작디잔 세간들은

여전히 제 자리를 지키고 있네

오늘 당장 죽을 목숨도 아닌데
무얼 그리 급히 달려와
각진 칸들을 모두 세워
빈자리 하나 만들지 못했을꼬!

이제라도
달팽이 느릿함 내 몸에 입어
먼 길 마다 않고 걸어가며
너와 나 무너뜨려 우리를 만들어 볼까?

침묵으로도

산이 불타오른다
깊숙한 숨결 감추고 열정 또한 숨겨왔던 그 산이
운무 가득 에워싸고 뜨겁게 불타오른다

젊음의 초록은 하늘의 선물!
짙푸른 하늘까지 문질러 버릴 듯
녹색 물결이 불타오른다

산이 어디메고,
하늘이 어디멜까?
희뿌연 연기는 이미 안개 되어 하늘을 휘감는다

안개는 저도 모르게
하늘과 산 사이에 침묵처럼 놓였다
태양은 선명한 빛으로 둘의 사이를 갈라놓고
산이 뿜어대는 연기는
연신 화해의 입김을 불어댄다

긴 세월 어쩔 수 없이 참아야 했던 설움이
도저히 멈춰질 것 같지 않은
토악질로 이어지고
말라버린 줄 알았던 눈물이
8월의 장마처럼 쏟아진다

하늘은 산의 설움을 한순간에 덮어버리고,
안개 같은 구름 비로 껴안아 버린다
"애 쓰지 마라 울지 마라"
너의 침묵으로도 충분하니까!

황혼의 독백

배 아파 낳은 자식을 보러 가는 그 길은
주단처럼 드리워진 잔디밭 길이었다
더 커질 일도 없이 이미 다 커 버린 자식을
끊임없이 궁금해하면서 길을 재촉했다

몇 달 만에 마주한 자식은
제 생활에 젖어 어미의 얼굴은 이미 뒷전인 듯하다
반가움과 서운함이 샤넬처럼 맞물리고
정작 하고픈 말을 숨겨버리고 만다

품 안에 자식이라던가?
혼인까지 해서 이미 제 자식까지 낳은 자식은
제 자식밖에 보이질 않는지
늙어 빛바랜 제 어미는 안중에도 없나보다

자식에게 무얼 바라?
저희들 잘 살면 그뿐이지
서운함에 쓰린 가슴을 다독이며

독백처럼 웅얼거려본다

돌아오는 길은 왜 그리 서글픈지
늙으면 애 된다더니
이빨 빠진 호랑이마냥 쓸쓸하기 그지없다
니들도 내 나이 돼 봐라

홍도 바다를 바라보며

천년바위 어루만지며
쉼 없이 속삭이는 바다가 있다
속살 고스란히 드러내고
정직한 사랑을 노래하는 바다가 있다
알고 있는 색깔들의 이름들이 너무도 적어서
차마 부끄러워 표현할 수 없는 바다가 있다

고래바위 처녀바위 독립문바위 거북이바위
신의 작품인지 바다의 솜씨인지
저마다 삶의 모양을 달리하고
흔들리는 파도에 몸을 맡긴 채
그렇게 바위는 그 자리에 서 있다

태양에 농익은 여름 하늘은
그저 말없이 바다를 바라본다
바다가 바람에 몸을 맡기고
구름은 하늘에 몸을 맡긴다

유람선에 몸을 맡긴 나는
이제는 뛰어내리려 하지 않는다
바위가 파도에 순응하듯
구름이 하늘에 기대어 살듯
그렇게 세월에 나를 맡겨 보리라

빚 받으러 온 자식

내 울음소리를 삼켜버리는
지하철 소리가 십자가처럼 감사했어
멈출 줄 모르고 흐르는 내 눈물을
검은색 선글라스로 가릴 수 있어 감사했어
가슴이 말하는 것을 못 듣는 건 아니었지만
네 입이 하는 말들이 폭탄 같아서
머릿속이 몽땅 하얘져버렸어
이 나이에도 도심 한복판에 앉아
우는 내가 타임머신 속에 있는 걸까?
그랬으면 좋겠어
다시 스무 살이라면
돌이키고 싶었어 배부르기 전으로
아파서 너무 아파서
몸 한 가닥이 잘못돼서 죽음에 임박할 때
그때도 이리 서럽진 않겠지
순응하면 되는 거니까
오늘은 아니야 믿을 수가 없었어
네 입에서 흐르는 말 들을

기차 레일이 여러 번 손짓을 했지
저 쇳덩어리들이 차라리 따뜻할지도 몰라
넌
내게 빚을 받으러 온 자식인가 봐

성숙함을 위하여

누군가를 궁금해해도 될까요?
황혼에 새삼 인연의 끈을 만들어도 되는 걸까요?
내려놓고 정리해야 하는 내 창가에
예고도 없이 가을 새 한 마리가 노래합니다
궁금증은 풀어야 하지 않느냐고

그러나 동굴 속에 숨어있는 내가 대답합니다
아직도 흘릴 눈물이 남았느냐고……
인연의 실타래는 설렘과 함께
쓰라림도 동행하여 온다는 것을 아직도 모르느냐고
머리와 가슴은 늘 그렇게 다투어댑니다

숨이 끊어지는 날까지
나는 그렇게 무언가를 선택해야 합니다
뒤돌아 후회가 더 많겠지만,
때로는 가슴이 시키는 대로 하고플 때가 더 많습니다
궁금하면 풀고 싶고, 분명 신기한 인연 같아서
한달음에 달려가 만나보고 싶기도 합니다

비울 수 없는 그리움

이제까지 그래왔기에 이제는 참으려 합니다
궁금하면 못 참는 나의 조급함으로
다치지 않아도 될 상처들을 멍에로 짊어지고
정작 나를 사랑할 시간을 놓쳐버린
어리석음에서 벗어나려 애를 쓰려 합니다

너와의 멀어짐은 가을 하늘이어라

가을바람의 보드라운 입술은
끈적임에 배어있는 내 살갗에 입을 맞추네
더 높이 올라가 버린 하늘은
솜사탕 입에 물고 손짓하네
물기 적신 하늘은 가까이 있었는데

곁에 다가온 하늘은 빛을 잃고
높이 올라간 하늘은 그 푸르름을 더하네
멀어지면 바라다 보이는 것들
가을은 내게 멀리 보라 속삭이네
가까이 있다는 것이 모두 다 행복한 건 아니라지

당신도 내 곁에 기대어 살 땐 보이지 않았어
끈적이는 땀 내음만이 진동했지
솜사탕 입에 물고 멀어진 하늘처럼
너 떠나보내 멀리서 바라볼 때
너 따스함 알게 되고 둥근 얼굴 고운 미소 빤히 보이네

비울 수 없는 그리움

덜 된 사랑 그 이름 가을이여!

난 아직 준비가 안 됐는데

창문 밖에 넌 와 있다

누더기 벗어 던지고 세마포 갈아입어야 하는데

벌써 너는 내 문 앞을 서성인다

찢겨진 속살 네게 들킬까

이리저리 여미다, 차라리 울어버리고 만다

조금만 더 기다려줘

아직은 춥지 않으니

달빛에 달아오른 얼굴 안 보였으면 좋겠어

모른 척 뒤 돌아서면 차라리 고마울 텐데

네 앞에 발가벗겨진 나일지라도

점 하나 숨기고 싶은 비밀은 있으니

소슬한 바람이 다 알진 못하리

다가올 겨울눈도 알 수 없으리

너무 많이 기다린 네가

반가움 뒤에 부담스러움도 있다는 것을

때늦은 편지

그때 내가 알았더라면,
머리 깎고 네가 왔을 때
난 몰랐어 무슨 의민지
흔들리는 네 눈빛이 느껴졌지만,
용기가 없어 묻지 못했어
네가 나를 선택함으로 많은 것을 잃어야했기에

휴가 나온 첫날!
친구들 사이에 숨어서 너의 모습을 보았어
제법 어른이 돼 버린 네가 차라리 낯설었지
훔치듯 바라보는 너의 시선
능청스레 다른 친구와 더 친한척하며,
못 본 척 애쓰던 어리석은 나

사랑한다 말하지 말지 그랬어?
다른 아이들처럼 친구라는 이름으로 남지 그랬어?
세월이 저절로 연인으로 만들어 줄 수 있을지 몰랐는데
소녀에서 아가씨로 허물을 벗을 날이 머지않았었는데

나에게 시간을 좀 더 주지 그랬어?

30년의 시간이 지나서
이렇게 만날 것을

미안해
모른척해서, 네 손을 잡아주지 못해서
용기 없었던 나를 용서해
하지만 감사할게
더 늙기 전에 너를 볼 수 있음에

내 하루를 비우면서

하루가 시가 되고 소설이 되어 그리 흘러갑니다
육신은 정신과 상관없이 따로 길을 걷고
만나는 사람마다 저마다의 색깔을 내보이며
그렇게 나의 하루가 만들어집니다
나는 숨을 쉬고 하루를 만들어 가야 하기에
어김없이 같은 시간의 흐름을 만들어 갑니다
때로는 설렘으로
때로는 지침으로
그것조차 사치라서 그저 조금이라도 기쁘고자 만들어
갑니다
누가 모른다 한들 어찌리오
내 안에 많은 이가 함께함인걸요
몸이 지쳐 베개를 벗고
마음이 지쳐 책을 벗 삼아 그렇게 또 하루를 만들어
보았습니다
그릇에 배어있는 찌꺼기를 씻어내듯
마음에 걸쳐있는 찌꺼기를 하나씩 씻어냅니다
버리는 것으로 족할 수 없는 마음들은

기어이 독하디독한 세제를 써야 하는 가 봅니다
쓰디쓴 아픔을 감내하며
그렇게 또 한 가지씩 마음속을 비워봅니다
오늘은 서운함이라는 욕심을 비우렵니다
이렇게 하나씩 비우다 보면
어느새 나는 가벼이 하늘을 날 수 있을 테지요
기왕이면
양 날개 활짝 펴고 날기를 소망합니다
어디든 마음먹은 대로 갈 수 있을 때까지

랑데부의 기적

마른 가지에 물이 오르고
어느새 연산홍 붉은 입술이
연둣빛 이파리에 솟아올랐다

봄비 적신 대나무가
부러움에 눈물 흘리고
이미 퇴색해 버린 목련이
손 흔들며 봄을 보낸다

메마른 나무에
분명 풍성한 열매가 보였다
초록빛을 잃어버린 정원에는
분명 꽃이 피고 있었다

커튼처럼 드리워진
랑데부의 음침함은
이젠 화사한 빛으로 유리창을 밝혀준다

비울 수 없는 그리움

몽울진 연산홍이 그 입술 활짝 여는 날
멋진 나비 한 마리 입맞춤 하려 할 때에
무지개 모자 쓰고 랑데부는 다시 태어나리라

허기진 이들에겐 배불림으로
분노한 이들에겐 평안함으로
바삐 가는 이들에게
빈 의자 하나 내어주어
잠시라도 쉬게 하는 안식처 되어
홀로 가는 세상 아닌
더불어 가는 세상 되기를

내게 일어난 기적이
그들에게도 이어지기를 소망하며
꽃으로 빛으로 그리 살아가리라

오월을 기다리며

흐드러진 봄꽃들의 향연이
정원 가득 취할 듯 넘실거린다
홀린 듯 산길 따라 걷노라니
파르라니 숲속에 고사리가 기웃대고 있다
부끄러운 어린잎들이
빠끔히 고개 내민 산언덕에
바구니 옆에 꿰찬 여인네의 상기된 얼굴
봄은 풍요로운 상상을 하게 하고
기대를 채워주며
손길 가득한 밥상을 그려놓는다

이름 모를 풀벌레가 창가에서 노닌다
정원에서도 산길에서도
귓가를 간지럽히는 잡히지 않는 풀벌레들
향기 따라 날아와 꽃잎 위에 머문다

그렇게 사월은 지고 오월을 기다리니
늦둥이의 생일이 코앞이다

비울 수 없는 그리움

사방이 라일락 향기로 무르익던 오월에
그 예쁜 아이가 태어났었다
산기슭 고사리가 빠끔히 얼굴 내밀듯
그렇게 어여삐 내 눈을 맞추었다
만발한 꽃보다 어여쁘고 뿜어대는 향기보다 달콤한
내 늦둥이가 그렇게 봄 선물을 안겨주었다
오월을 기다리는 나
철없는 어린 딸이 철들기를 간절히 기다리는 나
그렇게 어미의 바람은 기도가 되어 향기 가득한 정원을
떠다닌다

가을의 사랑

오색 고운 옷으로 갈아입은 가을은
농익은 각시 되어 겨울을 마중한다
찰나의 눈 맞춤이라도 감사한 양
욕심 없이 겨울을 기다린다
나무에 기댈 기운조차 없어
거리에 낙엽이라는 이름으로 스러질 때
조금이라도 덜 초라하길 소망하며
마지막 옷을 갈아입었다
내 앉은 자리 네게 주긴 누구라도 쉽지 않으리
머잖아 흰 눈 흩뿌리며
대롱이 매달린 마지막 잎새까지도
용서치 않을 너에게
가을은 일 년의 기다림을 얘기해 주고 싶다
잊지 못할 눈 맞춤이
조금이라도 너의 차가운 마음을 녹여줄 수 있다면
가을은 기꺼이 아름다운 이별을 준비할 수 있음을
내가 존재함은 언제나 너를 위한 기다림이라는 것을

비울 수 없는 그리움

랑데부 연산홍

오그라든 연산홍 꽃잎이
새벽녘 봄비에 몸서리를 친다
첫봄을 알리던 해맑은 미소가 언제였을까?
거부할 수 없는 계절의 흐름에
그예 고개 떨어뜨린 모습이 애처롭구나
나비의 날갯짓도 사라지고
빛바랜 향기도 희미한데
너
가녀린 모습이 봄비에 흔들리누나
그러나 슬퍼하지 말지니
흰 눈 내리는 계절이 갈 때
언 땅 제치고 몸짓할 너의 뿌리가 있으니
내년 봄 이맘때
선홍빛 화사한 너의 미소
반가이 맞이하리라

잊으면 안 돼

살아간다는 것은 누구에게나 그러하듯
주어진 몫만큼 순응하는 것일지도 몰라
때로는 내 것이 아닌 것을 탐하기도 하지만
이내 욕심의 대가를 치르게 되지
누구는 너무나 많이
또 누구는 너무나 작게
그렇게 운명처럼 타고 태어나는지도 몰라
하지만 어디 인생이 그뿐이랴
가진 것이 많아도 지키기는 어렵듯
가진 것이 없어도 축복은 있는 것
무엇이 인생을 바꾸는지는 모르지만
내 삶에 부끄럽지 않게 사는 것도
어쩌면 축복의 다른 이름일지 몰라
이 세상 잣대로 가난이라는 이름으로 불릴지라도
온전히 당당할 수 있다면
난 또 다른 이름의 부자인 거야
비록 나는 미치도록 배가 고프지만
피켓들 수 있는 내 모습은 가슴 시리게 당당할 거야

비울 수 없는 그리움

선과 악은 몰라도 옳고 그름은

내가 숨 쉬는 이곳에서 외치고 싶어

아무도 나를 바라보지 않아도

내 곁엔 박수 치며 응원해 주는 고마운 벗들이 있으니까

잘난 내 딸

너는 다 컸다고 잘난 체하지만
내게는 세 살배기 꼬맹이
유리구슬 구르듯 언제나 노심초사
어미 마음 알 턱 없는 어린것이 천방지축 나댄다
그래도 지 속은 있다나?
사람은 철들자 이별한다는데
차라리 철없다 믿고 살자
이 나이 내가 무얼 바라리
어차피 삶의 멍에는 내 몫이고
철없이 놀아도 되는 것은 네 몫인데

비울 수 없는 그리움

손녀를 그리며

아이는 자라나서 그 예쁜 입술을 연다
연신 웃는 입가의 미소가 싱그럽다
셀카에 찍힌 환한 웃음은 영락없는 내 모습
자연스레 아이는 제 뿌리의 모습을 닮는다
단 한 번의 마주침으로도 할미의 모습을 기억해주는
고마운 아이
며칠이 지나도록 싱그러운 미소가 내 곁을 맴돈다
유리알 부딪치는 청아한 목소리
동영상 아이의 해맑음이 지친 나를 곧추세운다
보고픔에 다시 보고 다시 보고
멀리 있어 그리움이 더 한가보다

불안한 한가로움

비 개인 날의 오후는 해맑기 그지없다
푸르디푸른 하늘은 보드라운 흰 구름으로 그림을 그려놓고
길가에 가로수 잎은 짙은 초록을 자랑한다
복잡한 도시를 헤집고 혼탁한 숨을 가시지 못한 나는
문득 계룡의 하늘을 바라보다 모처럼의 휴식을 즐긴다

누군가를 마중하고 싶은 날
아무도 찾아올 이 없건만 막연한 기다림은
허무한 그리움으로 가슴에 스며든다
무심코 창밖으로 시선을 빼앗기고
멍하니 오가는 사람들에 눈길을 준다

마주치는 이 하나 없이 시간만 흘러간다
딸아이 좋아하는 계란말이를 해놓고
수업 끝나고 오길 기다리는 엄마
늘 바쁜 발길 재촉하며 살아 온 잔재인 양
이 한가로움이 불안하기만 하다

예기치 않은 여행

설렘 반 기다림 반으로 아이는 기차에 몸을 싣는다
여전히 어미보단 친구가 좋은 나이
어미 손길 멀리 홀로 견딜 일이 녹록하진 않을 텐데
발걸음 사뿐히 기차에 오른다
나를 보며 손을 흔드는 아이
눈물범벅이 되도록 쏟아낸 여행길
가평에서의 2박 3일은 어떤 의미를 선사했을까?
상처를 숨기려 꽁꽁 여며 놓았던
한 가닥 실타래를 풀어내기엔
너무 짧은 시간은 아니었을까?
해갈할 수 없는 목마름처럼 늘 부족한 어미의 사랑을
조금이라도 이해할 수 있었을까?
가평에서 맞이한 땅을 뚫을 듯 쏟아진 소나기처럼
어미의 사랑도 너 하나 적시기를 간절히 원함을 알고
있을까?
이 여름!
내 아이와 동행한 예기치 않은 여행은
긴 세월이 지나도록 아이와 나를 단비처럼 적시리라

옹알이

서러움이 물줄기처럼 목구멍을 타고 흐른다
울음을 감추려 애써 웃어 보지만
차라리 폭발하듯 설움을 쏟아내고 싶다
이제야 새삼 누구의 잘잘못을 가리겠냐마는
가슴속에 몽글몽글 나뒹구는 하지 못한 단어들
뱉는다고 속 시원할 리 없겠지만
참은 것이 억울해 꺼이꺼이 울컥거린다
어떤 것이 아니라 삶의 여정이 서러워서 일 게다
아이도 서럽고 어미도 서럽고

비울 수 없는 그리움

술과 수면

힘겨운 눈꺼풀을 잠재우려 하나
그조차 내 뜻대로 되질 않아
기어이 소주 한잔에 염원을 담는다
밥 한 숟가락보단 그편이 나을지 몰라
어느새 한잔 술은 가슴 가득 짙은 농도를 향해 달린다
마주할 사람 없어도 너 하나로 족할 순 없을까?
술 한 잔이 피가 되고 눈물이 되어 핏줄을 타고 흐른다
죽은 사해가 되고 썩은 시화호되어
텅 빈 머릿속까지 채워 버린다
이제 나의 눈꺼풀은 잠깐이라도 누울 수 있으려나

가는 세월 오는 세월

아이가 내 곁으로 왔다
많이 두려웠을 텐데
그 많은 친구들을 뒤로하고
어쩌면 서럽기까지 했을 텐데

어미 생각에 지 생각 지워내고
드디어 내 곁에 왔다
잘해 주지도 못할 거면서
고집 부려 끌고 온 것은
어쩌면 내 이기심일지 몰라

그래도 어미는 새끼를 옆에 두고
바라보는 것으로 안심을 한다
내 손으로 끼니 밥을 주고픈 단순한 맘일지 몰라
그것도 욕심이라면, 욕심일까?

아이의 눈에 눈물이 고이고
입술이 새 부리처럼 솟아 있어도

비울 수 없는 그리움

어미는 애써 못 본적 뒤로 돌아눕는다
예전부터 여기 있었던 양 딴청을 떤다

그렇게 오늘이 가고 내일이 가면
아이도 계룡을 추억으로 남겨 두리라
작은 방안에
아이와 어미의 서로 다른 숨소리가
조심스레 섞이어 간다

미안해 아가!
내 짐을 너에게 나누어 주어서

날이 갈수록 어미는 약해져만 가고
날이 갈수록 아이는 성숙해져간다
작은 방 안은 그렇게
두 개의 세월이 마주보고 있다

밤의 노래

자정은 어김없이 찾아와 나를 노크한다

낮을 멀리한 지 어느새 한 달

익숙해진 밤이 눈을 뜨고 있다

무언가에 쫓기듯 달려온 길에

보따리 하나 내려놓고

매일같이 찾아오는 밤을

나는 낮처럼 맞이한다

눈물샘도 마른 양 거칠어진 얼굴

들끓던 울화도 밤바다에 사그라지고

또다시 난 나그네 되어 낮된 밤에 길을 나선다

때때로 앞을 가리는 전봇대를 피하며

더듬더듬 손사래 치며 또 하루를 보낸다

어디만큼 가야 내 쉴 곳을 찾을 수 있을까?

우거진 숲이 푸른빛 바다가 기억 속에 아련하다

배나무밭 과수원엔 영글은 단내가 한창일 게야

동구 밖 저수지엔 연꽃이 만발했겠지

기억 속 풍경들은 그리움으로 남아

낮된 밤 지키는 내게 동무 되어 찾아온다

비울 수 없는 그리움

그리운 이들이여!

내 통나무 정자 아래 막걸리 한잔 길어다가

늙어가는 얼굴 마주보며 어루만질 날 언제려나

멀리 있어도 우린 언제나 곁에 있었음을 알기에

낮된 밤 지키는 나는 결코 외롭지 않으리

단발머리

가을 하늘은 그 청명함을 자랑하며
구름도 가리고 있다
어느 날의 단발머리 내 모습을 떠올리며
그 하늘을 바라다본다
거칠 것 없이 달려가는 단발머리 어린 소녀는,
소나기가 쏟아질 지도 모를 하늘을
두렵지 않은 눈길로 바라보며
앞만 보며 달려간다
푸른 숲길은 파르라니 길을 내어주고
소녀의 달음박질을 응원한다
누군가 기다리는 것도 아니건만,
무엇을 바라보며 달리는 것인지
그렇게 소녀는 가을도 겨울도 아랑곳하잖고
무작정 길을 재촉한다
어찌 넓은 길만 있으리!
어찌 맑은 날만 있으리!
어떤 길이 달라져 나타나도
어떤 하늘이 나를 바라봐도

그렇게 단발머리 어린 소녀는

아랑곳하잖고 달려만 간다

아직 소녀는 쉬었다 가는 법을 모르기 때문이다

또 한 번의 봄을 기대하면서

한 걸음 다가서는 봄의 입김은
어느새 볼살을 어루만지며 흐드러진다
움트는 새싹에 생명이 돋고
이내 파릇한 즐거움으로 계절을 노래한다
거친 황무지 뿌연 안개에
숨소리조차 가려진 채로 움츠린 어깨에
설움은 뚝 뚝 뚝 흘러내리고
야위어진 마른 몸은 푸르른 새싹 앞에
부끄러운 듯 서 있다
대지에 쏟아지는 봄볕의 축복
가난한 마음마저 잊으려는 듯
봄의 따스함 마음껏 누리리라

비울 수 없는 그리움

오월의 끝에서

끼니가 되어 식사를 한다
그러나 여전히 허기진 마음
채우려 할수록 갈급해지는 마음으로
또 하루를 보낸다
평생을 헐벗진 않았지만, 그다지 다르지 않은 하루
눈부신 여름 해가 거리를 밝히고
거무진 밤거리조차 화려한 불빛으로 차오르는데
허기진 내 마음은 여전히 가난하다
하지만, 단 하나 배부른 한 가지
너를 향한 내 사랑
철마다 바뀌는 계절에도
날마다 달라지는 날씨에도
만남과 이별이 공유되는 이 세상에서
절대로 변할 수 없는 한 가지
너를 향한 내 사랑
딸아!
넌 나를 배부르게 하는 유일한 선물이란다

동행할 수 없는 길

누구도 함께 갈 수 없는 길이 있어
스스로 선택해야만 하는 길
어쩌면 아무도 동행하지 않기를 간절히 원하는 길

두려움과 고통으로 몸부림치지만 피할 수 없는 길이 있어
숲에서 바다에서 손사래 쳐 보지만
기어이 기어이 가야만 하는 길이지
무엇을 바라느냐 묻는다면,
난, 말할 수 있어
우물 속에 갇혀진 숨결을 끊어야 했다고

할 수 있는 건 아무것도 없지
몽땅 다 비어진 깡통 소리 뿐
제발, 아무도 몰랐으면 좋겠어
어쩔 수 없이 가야만 하는 거라는 변명조차 하기 싫으니

비울 수 없는 그리움

키 커버린 옥수수 길에 숨어야 했어
바다도 산도 바라보지 않기를 바랐어
그렇게 머리가 하얘지고 손톱이 빠지길 바라
버려진 무인도에 혼자였기를 바라듯,
또 그렇게 아무도 보는 이 없기를 간절히 기도했어

내 딸

차가운 겨울바람을 이겨낼 수 있는 건
어김없이 네가 곁에 있기 때문이야
농익은 감기로 목이 아파 서러울 때도
네가 있어 웃음으로 견딜 수 있지

때로는 속이 쓰리도록, 고통스러워도
너의 얼굴을 바라보며, 잠시 잊을 수 있어
이해할 수 없는 다른 이의 시선은 그다지 중요치 않아
그저 너로 인해
난 견딜 수 있으니까

마른 나무 한 잎마저 떨어지고,
하얀 눈꽃이 산을 덮을 때면,
몇 해 전, 넓은 창 너머 너의 입김으로 그려준 사랑 표
시를 생각한다
철없던 시절에는 그리도 표현을 잘 하더니만,
그만, 너무 커버린 탓일까?

그래도 난 네가 좋아

가끔씩 느껴지는 서운함은 날마다 잊혀 가나봐

너의 얼굴 속에 문득 겹쳐지는 나의 얼굴이 있어

그래서 너와 나는 한 몸인 게지

어쩔 수 없는 나는 딸 바보랍니다

소래포구의 하루

소래포구에 잔잔한 바람이 분다
장화 신은 발들은 바삐들 움직이고
포구에 맴도는 비릿한 내음
언제부터인지, 빌딩숲은 하나둘 늘어가고
양복 입은 신사들의 매서운 눈초리

내 어릴 적 소풍 왔던 포구의 한가로움은
이미 자취를 감춘 지 오래
밤하늘 별들보다 더 빛나는 LED 간판들
머리 질끈 동여맨 생선 파는 아낙들은
어느 틈엔가, 색기 어린 미소를 머금고 있다

잘 꾸며놓은 공원 한가운데에 서서
말없이 변해가는 포구를 바라본다
추억도 찾을 길 없이 변해가는 포구는
이젠 돈 냄새 풍기는 도시로 달려간다

비울 수 없는 그리움

벌거숭이로 살고 싶다

갖가지의 옷으로 포장한 사람들
포장된 아스팔트 위를 당당히 걸어간다
있으면 있는 대로
없으면 없는 대로
두꺼운 옷으로 포장한 채 그렇게 걸어간다

모두가 벌거숭이로 태어났는데,
세월 따라 포장하는 데 너무나 익숙해진 우리네 인생
그다지 감출 것도
그다지 숨길 것도
결국은 벌거숭이일 뿐인데,
무얼 그리 포장해야 하나

어느 한 곳 부끄럼 없는 곳이 있으면 좋겠다
옷을 입지 않아도, 화장을 하지 않아도,
내 모습 그대로 보아줄
그런 사람 하나쯤 있었으면 좋겠다

님이 오신 뜻은

님은,
예비되어 제게 오셨습니다
잡초로 무성한 제 삶에, 꽃 한 송이 피우기 위해
님은,
그림자처럼 제 곁에 계셨습니다
홀로인 것 같지만, 결코 하나는 아니었지요
님은,
내 삶이 얼마나 아름다운지 알려주셨습니다
달빛의 은은함과 별빛의 투명함이 너일 수 있다는 것을
님은,
또 하나 진리를 알려주셨습니다
곁에 있지 않아도, 평생을 가질 수 있는 마음이 존재한
다는 것을

비울 수 없는 그리움

하얀 새

겨울 하늘을 나는 흰 새 한 마리
너울대는 날갯짓에 눈이 부시네
함께할 벗이라도 있으면 외롭지 않으련만
허공을 휘젓는 너의 모습이 몹시도 처량쿠나

그 넓은 하늘에
네 곁을 지켜줄 벗 하나 만나질 못하고
추운 겨울 하늘을 방황하는 너!
어쩌면 그것이 너와 나의 인생이리라

그러나,
태초부터 신은 둘의 모습으로 섭리하셨으니,
그 먼 하늘 어딘가에 너의 짝이 있을 터
네 아름다운 몸짓에 박수해 줄 너의 벗이 오거든
잠시 날갯짓 멈추고, 나를 응원해다오

이별을 예감할 때

이렇게 하늘 색을 바꿔놓는 이 하얀 눈은 어디에서 시작
된 것일까요?
순식간에 눈앞이 하얘지고, 마른나무에 꽃이 피었습니다
계절은 그렇게 제각각의 멋으로 장식되어가고 있습니다

내 삶도 내 멋으로 꾸미면서 살고 싶었습니다
오색찬란한 빛은 아닐지라도,
나만이 만들어 갈 수 있는 빛으로 꾸미면서 살고 싶었
습니다

회색빛으로 이미 퇴색되어버린 내 삶에,
어느 날, 당신이 빛으로 다가왔습니다
조금씩 내 빛으로 찾으려 할 때에,
난 어느새 이별을 예감하고,
결코 가질 수 없는 당신을 놓으려 합니다

삶은 내게 언제나 두 갈래 길을 갈라놓고, 선택을 요구
합니다

비울 수 없는 그리움

세월은 나를 한곳에 멈추도록 허락하질 않습니다

기어이 내가 선택한 길은, 당신을 놓아주는 길이었습니다

이리도 아플까요?

열었던 가슴을 닫는 것이 이리도 시리고 아플 거라 알았
다면

수많은 갈등 속에 차라리 처음부터 혼자일 것을

그리움에 눌러본 전화기의 버튼은

싸늘한 비수가 되어 가슴을 찌르는 아픔을 선사하고,

나 홀로 불러보는 사랑노래는 허무한 메아리로 되돌아
옵니다

그대 향한 이 마음을 어찌 달래야 합니까?

혼자라는 이 지독한 외로움을 어찌 견뎌야 합니까?

눈을 뜨고 있어도 적셔오는 이 슬픔을 저는 어찌합니까?

연가! 그 후에 부르는 노래

되돌아보면,
봄날 아지랑이처럼 다가온 당신은
추위에 얼어붙은 내게 생기를 넣어준 온기였습니다
평생을 느끼지 못하고, 갈 수도 있었지만,
선물처럼 당신은 내게
따스함을 전해준 전령이셨습니다

비록 지금은,
멀어진 아픔이 너무 커서, 설움이 차오를지라도
짧은 순간 온기 주심에 감사해야 함을 압니다
오실 때 기쁨이었듯이, 가실 때도 기쁨으로 보내야 함을
압니다
초라한 내 뒷모습보다는,
당당하고 환히 웃는 내 모습을 원하실 것이기에

그러나 아직은,
그리 쿨하지 못해 미안합니다
멍울진 슬픔이, 대롱대롱 매달려 아직 떨어지질 않습니다

비울 수 없는 그리움

창가에 성큼 다가선 봄 향기가 물씬 풍기고,

라일락 향기 집안을 휘돌아올 때,

그때는 아마도 당신을 향해 가여운 미소라도 띄울 수
있을지

산 이야기

바위대 위에 솟아오른 대둔산이여!
너는 마치 거칠 것 없는 내 연인처럼 서 있구나
골골이 휘감긴 저 아득한 숲길은,
님 기다리는 여인의 옷자락이려나
회색빛 하늘을 바라보는 너의 미소가 서글프다
무엇을 바라지도, 원하는 것도 없건만,
세월은 저마다의 다른 옷을 갈아입히고,
어느 결엔가 오실 님!
행여 외면할까 두려워 오직 그 자리에 서 있나니
상봉의 그날이 언제일까?
고운 옷 갈아입는 날이기를

따스한 겨울

봄보다 더 따뜻한 겨울이 이어집니다
옷깃 여민 겨울엔 늘 바다가 그리웠습니다
대천 앞바다 굴 잡이 할머니도 그립습니다
망태에 소주 몇 병 집어넣고
굴 한 접시에 '정'까지 담아주시곤 했지요
얼마나 손이 시려웠을까?
그때는 그조차 짐작 못하고, 그저 추위에 취하고, 바다에
취해서
마냥, 행복하기만 했습니다
세월이 이만큼이나 흘러, 스무 번의 겨울이 왔다 갔는데,
아련한 추억으로밖에 기억하질 못한 어느 날
문득 그 겨울이 생각납니다
따뜻한 이 겨울에 그분이 살아 계실리는 없겠지만,
겨울 바다 터전 삼아 굴 따서 정 담아 주실 분이 또 있지
않을까요?
비록, 내 함께했던 다정한 벗은 떠나고 없지만,
따뜻한 이 겨울에 굴 한 접시 소주 한 잔 그리워 달려가
고 싶습니다

잊고 싶은 너를 그리며

눈 내리는 희뿌연 하늘에

아프도록 그리운 이가 있습니다

영문도 모르는 이별이라는 의식은,

십 년을 넘겨버린 오늘에도

저리 희뿌연 하늘마냥 먼지의 잔영처럼 남아

문득문득, 시리도록 가슴을 아프게 합니다

무심한 세월에도, 그것은 변하지 않을 건가 봅니다

소래의 하늘만큼이나, 먹먹한 마음은,

십 년 전, 아픔 그대로 오늘 나를 슬프게 합니다

계절은 순서대로 오고 또 가고

날씨 또한 제 몫을 하기 위해 시시때때로 다른 모습이

건만,

그로 인해 생채기 난, 내 마음은,

그 많은 시간 속에서도, 달라지질 않습니다

잊어야 할 것들이, 그리 쉬 잊힌다면, 얼마나 좋을까요?

세월이 간다는 것은,

사람이 늙는다는 것은,

가슴속 깊은 상처까지 품을 순 없나 봅니다

이렇게 눈이 오는 희뿌연 하늘을 보면,

난, 어김없이 사라진 그를 그립니다

휴지통이 되리라

가슴속 깊이 구겨져 쌓아온 기억의 조각들
지나온 세월 속에 묻지 못한 채,
차마 버리지 못한, 미련의 조각들을
당신이라는 휴지통에 던져버렸네

삶의 설움과 기쁨, 그리고 분노조차도,
당신은 나만의 휴지통이 되어서,
기꺼이 받아주셨네

내 안에 마지막 남은 자존심이라는
고집까지도,
당신이라는 휴지통은,
마다 않고 품어주셨네

이제는,
나도 어른이 되어, 다른 이의 휴지통이 되리
말 못 할 사연들의 찌꺼기들을
너그럽게 품을 수 있는 통 큰 휴지통이 되리

비울 수 없는 그리움

변해가는 내 딸

요즘 너는 너무 사랑스러워

소소한 일들일지라도, 찾아서 해주는 네 맘이 너무 예뻐

내 맘 한편에 남아있는 못 미더움

그땜에 자주 눌러대는 다이얼

네 맘 상할까 염려하지만 난 이럴 수밖에 없어

한 번도 예감에 빗나간 적 없던 네가

이젠 자주 빗나가

그 땜에 난 기분 좋은 하루를 보내지

요즘 나는 많이 행복해

늦은 밤, 소파에 얌전히 개켜있는 빨래를 보며

깔끔하게 닦여져 있는 싱크대 앞에서

난 빙그레 웃음이 나와

침대 위에 곤히 잠든 예쁜 네 얼굴에

사랑 그득 담은 내 입술을 머문다

철들어가는 아이

잠든 아이의 모습에 평온이 머문다
천방지축 헤매던 모습은 어느새 간데없고
구름처럼 고요함이 흐른다

잠든 아이는 이미 어린아이가 아니다
제 생각 모아 가슴에 새기고
한 치 앞까지 그려낼 줄 아는 어른이 되었다

육십을 바라보는 제 어미와
주거니 받거니 인생을 이야기한다
제법 정리된 대화를 이끌어 내면서

눈을 뜬 아이는 여전히 느긋하다
지각을 하면서도 아침을 챙겨 먹는다
그 얼굴에 도무지 이해할 수 없는 여유를 부린다

진심 미안함이 배어있는 살가운 말들이 오간다
"엄마 더 자"

제 급함보다는 내 피로를 염려함이다

지각한 아이를 학교에 내려주고
물끄러미 뒷모습을 바라본다
여전히 알 수 없는 여유를 부리며 휘적휘적 걸어간다

아이는 어미의 상처를 더불어 느끼며
너무 일찍 어른이 되었다
어릴 적 기억을 다 잃어버릴 정도로

애써 지우려 했는지도 모른다
저만의 세계에 스스로 가두고자 했을까?
아니면, 다른 삶을 동경해서였을까?

18년이라는 시간이 지나서야
아이는 입을 열었다
그렇게 많이 아팠었더라고

분명 가해자인 어미는 할 말을 잃었다
곱게만 키우고 싶었던 아이는
할퀴어진 상처를 쓰다듬으며 그렇게 홀로 서 있었다

미안하다
네 마음 읽어주지 못해서
아니 더 일찍 안아주지 못해서

일요일 어느 오후

이미 짙어진 가을 하늘엔 솜사탕 뭉게구름 넘실대고
물 빠진 월곶 갯가에 물새가 몰려든다
도로 한 쪽 귀퉁이 터전 삼아 인물화를 그리는 한 남자
희끗한 백발 뒤로 묶고 가볍게 연필 쥔 모습이 살갑다

예쁜 내 딸은 모델 되어 조신히 앉아
제 인물화가 끝나기를 기다린다
꾹 다문 붉은 입술이 어여쁘다

어디선가 날아든 비둘기 떼가 물새와 어울려
한바탕 놀이를 벌인다
저 멀리 바람 몰고 파도가 출렁인다

다시 찾은 경포대

안개비 내리는 경포대는
스무 살의 풋풋한 기억을 되살린다
설렘을 안고 여행이라 떠나왔던 경포대
재잘대던 친구들의 모습은 보이지 않지만
내 마음에 그리움이란 이름으로 남아있다

서른 살의 어느 해
겨울 찬바람에 시리운 손을 비비며
그저 바다가 그리워 찾았던 경포대
아니다
서러움이 겹겹이 쌓여 눈물을 쏟아낼 바다가 필요했는
지도

육십을 바라보는 나이에
난 또다시 그리움이라는 이름을 새기며
이곳을 찾았다

길가의 흐드러진 벚꽃은

비에 젖은 채 수줍은 모습을 드러낸다

여전히 그 자리에 경포대 고요한 물결이 나를 반긴다

이제는 울 일은 없으리라

바다의 서러움도 없으리라

산 어울림

오락가락 봄비는 산자락을 흠씬 적신다
온기품은 산에는 몽글몽글 연기가 피어나고
푸른 잎 내밀어 서로 손을 맞잡는다

제자리 내어주고 절벽 끝에 아스라이 소나무가 서 있다
뿌리는 바위틈 어딘가에 숨죽여 울고 있을까?
어쩌다 너는 하필이면 절벽에서 자라더란 말이냐!

길 없는 산을 타고 하염없이 오르고 또 오른다
봄비에 온몸 적신 산속은 속절없이 나를 빨아들인다
힘차게 솟아오른 나무들이 다행히 나를 지탱해 준다

바람 타고 이름 모를 꽃향기가 너울대고
난 그 향기를 따라 산속을 헤맨다
봄비 젖은 산은 길 잃은 나를 그저 말없이 바라볼 뿐
이다

비울 수 없는 그리움

나를 바라보는 너

넌 내게 아무런 말도 하지 않아
하지만 난 말하지 않는 너를 본다
콩 튀듯 팥 튀듯 뛰어다니는 나를,
애처로이 바라보는 너의 눈빛에서

매일매일 부딪쳐 쨍그랑 소리 요란하던
그날들은 언제였을까?
나는 너의 고요함속에 가만히 누워
전쟁 같은 하루를 마감한다

언제부턴가 잔말을 아껴주는 너는
흐르는 시간 속에 내 편이 되어주고
내 느티나무가 되어주고, 내 휴지통이 되어 곁에 있다
그저 아무 말 없이 바라만 보면서

마당을 활보하는 늙은 쌈닭은
보이는 대로 먹이인 양 집어삼키고
천지를 평정하며 왕 노릇하고 있다
조용히 바라보는 너의 눈이 있기에

새벽이 오면

새벽을 여는 고요는
어느 날 강바람을 부른다
안개비 자욱했던 그날의 새벽은
소리 없는 흐느낌으로 나를 억누르고
오직 신의 힘만을 애타게 부르고 있었다

멀리서 들려오는 유행가의 가사는
왜 그리도 가시처럼 온몸을 찔러댔는가?
그날의 새벽은 끝내 이별을 부르고
지나간 사랑을 허무하게 바라보게 했다

홀로 선 강가의 뚝 언덕엔
가려진 그림자만이 혼자임을 절감케 하고
기어이 돌아오는 길은
서럽게 서럽게 가슴을 쓰리게 했다

비울 수 없는 그리움

황혼에 선 나는,

왜 아직도 그날의 강가를 기억하는가?

이제는 잊혀 희미한 옛사랑은

왜 아직도 안개비에 젖은 듯 축축이 젖어있는가?

새벽은 고요함 속에 나를 묻고

어느새 꿈결처럼 흔들어댄다

산

산이 부르는 소리에 눈을 뜬다
초록 무성한 산은 맑고 청아한 음성으로
내 귀에 다정함을 속삭인다
한밤에 내몰리듯 물빛 속에 허우적대다
산이 부르는 소리에 나는 눈을 뜬다
푸르름은 늘 나를 자유롭게 하고
노닐던 날들을 그리워하는데
때때로 잊고 산다는 것이 몹시도 미안하다
내 눈물조차 소리 없이 숨겨주었던 기억이
산이 부르는 소리에 되살아나고,
문득, 고마움에 나는 미소 짓는다
먼지 가득한 도시의 하늘은
한 차례 비를 쏟아낼 듯 잔뜩 찌푸리고
바삐 움직이는 발걸음들이 하루를 숨 막히게 하지만,
산은 여전히 나를 기억하며,
잠자는 나를 깨운다
오늘도 나는 그 푸르름을 되새기며,
전쟁 같은 하루를 시작한다

잊힌 계절

지나간 더위는
망각 속에 드리우고
우리는 매일 오늘을 느낀다
그렇게 세월은 흘러가겠지만
몸을 둘러싼 껍질은 여전히 그대로다
시계의 초침은 분명 가고 있건만
앨범 속 흑백사진은 망각 속 기억을 일깨운다
보리밭 다소곳한 처녀는
요양원 흰 벽을 응시한 채 무심히 세월을 겪고 있다
우리는 어디에 서 있을까?
오늘의 더위를 다음에도 또 느끼며 살 수 있을까?

가까워진 병원

살아온 세월은
이제 몸으로 이야기한다
가시밭길 걸어 온 흔적은
여기저기 흐트러진 상처로
마음 끓인 흔적은
온전치 않은 장 기능으로
그렇게 내 삶이 이제는 몸으로 이야기한다

딱히, 아쉬울 것도 없는 인생사
여전히 상처받고 사는 하루하루를
미련만 갖는다고 무엇이 달라질까?
오십이 넘는 나이에는
무언가를 정리하면 사는 것이라 했던가?

나는, 오늘 무엇을 정리하고 있는가?
일벌레처럼 하루를 시작하고
누군가를 기다리고
또 하루의 마무리를 위해 새벽을 기다린다

점점 하얘져만 가는 기억들
저만치에 병원 가운을 걸친 초라한 내 모습이 보이지만
애써 눈을 감는다
쉬었다 가기엔, 내 손이 너무도 부족하기에

난, 그렇게 또 하루하루를 정리하며
내일을 생각한다
아이에게 무엇을 남겨주어야만 하는가?

설악산에 오르며

오색 물결 넘실대는 설악산에 오른다
짙은 색 물든 설악은 내 언니의 설움을 단숨에 삼켜버
린다
육십 넘은 한 여인은 가슴에 묻은 피고름을
그렇게 설악에 서서히 뿌려댄다
혼자서라면, 울기라도 하건만
하필 동생에겐 보일 수 없는 눈물

언니 눈엔 아직도 철부지인 동생은
소리 없는 언니의 울부짖음을 모르는 듯 가증스러운
웃음으로 대답한다
세상엔 말로 할 수 없는 일들이 얼마나 많은가?
수많은 사람의 애증을 설악은 그렇게 품어주고 있었다
아름다움을 보고자 하는 사람과
아름다움 속에 숨으려는 사람들
나는 과연 어디에 서 있는 걸까?

비울 수 없는 그리움

자기의 삶 속에서 지치고 지친 이들을
설악은 여전히 쓰다듬으며 그 자리에 있었다
형언할 수 없는 아름다운 자태로
설움을 부여잡고 쓰러질 듯 달려온 내 언니를
설악은 마음껏 안아주고 달래주었다

앞만 보고 달려온 당신
누구보다 제 삶에 충실했던 당신
난 그대를 진심으로 응원하고 사랑합니다

새해가 밝아오네

슬픔이 썰물처럼 씻겨 나가고

새해의 밝은 해는 넓은 가슴으로

새 하늘을 맞이한다

암울했던 그때의 서러운 기억들이

아스라이 바닷물에 소리 없이 밀려나가고

이제 내 앞에 너는 한 줄기 밝은 빛이 되어 서 있다

어째서 그리도 많은 눈물을 흘려야 했을까?

알알이 박혀서 도저히 빠질 수 없을 것 같았던 굳은 못

자욱이

이젠 그 흔적만을 남기운 채

빛바랜 일기장처럼 남아 있다

행복이라는 낯선 단어가 저 멀리서 신기루 되어 있을 때

난 그저 이 세상에 던져진 이방인처럼 멍하니 서 있었을 뿐

내 힘으로 할 수 없는 일들에 채인 채

슬픔만을 삼켜야만 했었지

가느다란 실오라기 한 가닥이라도

내 것일 수 있으면 좋으련만,

그조차 주어지지 않는 현실에 막막하기만 했던 날들

가도 가도 끝없는 터널은 왜 그리도 길기만 했는지

밀려가는 파도 속에 나는 그 서러운 세월을 안녕히 보낸다

푸른빛 바란 나뭇잎조차 이리 고운 것을

흰 눈 내리는 산자락의 끝이 왜 그리 날카롭기만 했을까?

기쁨이라는 선물이 내게 오던 날

그조차 의아함에 고개 갸웃하고

가질 수 있는 희망조차 알아채지 못하고

그저 머뭇거렸던 어리석음

이제 난 당신 곁에서 이리 따스한 사랑을 받고

비로소 파도 속에 밀려오는 행복이라는 이름을 맛본다

새해를 맞이하며 내 사랑과 함께

석모도에서

뱃길 아스라한 석모도의 다리를 건넌다
바닷물 쓸려간 빈자리엔 벌거벗은 갯벌만 드러누웠다
곳곳엔 예쁜 옷 갈아입고 하루의 주인을 마중하는
펜션들
30년 전, 이야기는 어디로 갔을까?
핏빛 물든 노을 속에 눈물조차 아까웠던 내 이별의
이야기는 이미
밀려버린 파도 속에 사라진 지 오래
난,
행복한 웃음을 머금고 이곳에 서 있다
유난히 푸른 하늘이 구름까지 머금은 채 나를 축복한다
초록으로 무성한 석모도에 네잎클로버로 내 여정의
행운을 빌어본다
슬픔과 기쁨은 어느새 청실과 홍실처럼 단단히 엮어져
내 삶의 매듭을 완성하고, 흔들리지 않는 바위가 되어
나를 지켜주는 건지 모른다
오늘 배운 나의 미소가, 눈물 되어 흐른다 해도 난, 후회
하지 않으리

비울 수 없는 그리움

그 또한 나를 이루는 완성의 길일 테니

혼적 없이 밀려갔던 파도는 어느 결에 돌아와 벌거벗은

갯벌을 가리우고, 드디어 하늘과 맞닿아 손을 잡는다

기억을 더듬어 드러난 내 상처도 돌아온 파도 속에 묻혀

버린다

그렇게 내 눈물과 미소는 또 하나가 된다

초록빛 바람

눈을 뜨면 맞이하는 초록빛 바람
어제의 고단함이 사르르 녹는다
텃밭 고추는 고운 핏물로 물들고
보랏빛 가지는 그 무거운 몸을 간신히 추스리는데
어느새 지친 여름은 그렇게 멀어져간다

아쉬움을 뿜어내는 강렬한 태양
내게 남은 마지막 열정일지도 몰라
온 힘을 다해 못다 이룬 젊음을
이 터전에 쏟아낸다

세월은 아무런 이유 없이 만남과 이별을 거듭하고
기억 속에 흩어진 사연들을
가을 벌판에 뿌려놓아
금빛 찬란한 곡식을 수확하게 한다

안개 속에 갇혀있던 가슴앓이는
초록빛 바람이 쓸어갔을까?

비울 수 없는 그리움

난 어느새 그저 나인 채로 남아
이날의 평화로움을 한껏 누리고 있다

노래하는 아이

아이가 무대 위에서 있다
가을바람 서늘함에 옷깃 여미기 좋은 날
아이는 천상의 목소리로 노래를 한다
때로는 태풍 한 가운데 돛단배처럼
때로는 은쟁반에 옥구슬처럼
아이의 붉은 빛 정열은 조명 빛 아래서 더욱 더 붉게
빛난다
환호하는 또래 아이들의 아우성 속에서
아이는 해맑은 미소 지어 답해주며,
그렇게 무대 위에서 빛을 발한다
어미는,
취한 듯 눈을 감고 듣고, 또 듣기를 쉬지 않는다

비울 수 없는 그리움

인연

처음이 어디였을까?
비온 뒤 무지개처럼 그대가 내게로 오네
메론 향기 은은한 그대의 목소리
어느 결에 내 지친 시름을 덜어주고
파도치는 그대의 숨소리
나를 어디로 데려가려는가?

태곳적 낮과 밤의 공존처럼
우리의 삶이 그러하니
서러움과 그리움 함께 나누리

뉘라서 세월을 멈추며
뉘라서 우리 사랑을 멈출까?

잡을 수 없는 무지개가
그대라 할지라도
바라볼 수 있는 기쁨만으로도
나는 살리라

빛 바라기

해 저문 저녁
새벽부터 내린 봄비는
웃음조차 말라버린 가슴을 쓸어내린다
끝도 보이지 않는 터널 속을
비에 젖은 채 속절없이 걷는다
어드메쯤 가서야 빛을 바라볼 수 있을까?
잿빛하늘은 별빛마저 숨겨버리고
이미 검어진 가슴마저
겹겹이 덮어 버린다
어디까지 가야 하나
무엇을 더 견뎌야 하는가?
검어진 하늘 뒤로 숨어버린
한 줄기 빛을 마주하기 위해
나는 또
얼마나 이 긴 여행을 해야 할까?
신이시여!
한 번은 허락하소서
햇빛 찬란하지 않아도 좋으니

달빛조차 바라지 않으니

가장 가느다란

별빛 한 자락만이라도

이제는 허락하소서

황폐한 땅 위에 꽃이 피어나기를

숲속에 나무가 무성하고
길가의 꽃무더기 한창일 때,
지나는 나그네 발길 멈추고
당신께 감사하나이다

내 자식 미소 띤 얼굴과
구릿빛 사위 모습에
이제 마악 제힘으로 앉기 시작한
손녀딸 환한 웃음을 보며,
머리 조아려 당신께 감사하나이다

그러나
나는 감히 기적을 바라나이다
황폐한 땅 위에 꽃이 피어나기를
메마른 사막에서 물줄기가 솟구치기를
구정물 덮였던 내 삶이
당신의 생수로 씻기기를

비울 수 없는 그리움

자란 나무에 잎이 무성함이,
꽃씨 뿌려진 길가에 꽃이 피어남이,
지극히 순탄한 삶이 너무도 감사하지만,
도저히 이루어질 수 없는 일들이 기적이라면,
내 삶에 기적을 바라나이다

그리하여,
당신을 부인하는 이들에게
내가 만난 당신을 자랑하렵니다
단지,
그렇게 살게 해주소서
황무지가 옥토되는 기적을

새벽감사

자칫, 죽음의 열차를 탈 뻔한 어리석음
되돌린 그 길은 바로 생명의 길
지금쯤, 한 줌 흙 되어 스러질 것을
난 환한 웃음으로 서 있네
가장 못난 것을 들어 쓰신 그분
열 손가락 찔러대도 할 말 없는 것을
기어이 일으켜 살리셨네
부활이 없었더라면
절대 없었을 그일
생명의 길에 내가 서 있네
이새의 잘난 아들 마다하고
가장 못난 다윗을 기름 부은 그가
이제,
나를 찾아 이름 부르네
감사하여라 그분!
새벽 불 바람에 온몸이 타오르고
그 사랑에 나는 눈 멀었네
뉘라서 나를 바라볼까?

비울 수 없는 그리움

세상의 부끄러움을
하늘의 영광으로 바꾸신 이여!
썩은 고기 냄새 지독히 배어버린
내 누더기 벗기시고
세마포 고운 옷 갈아입히시며,
서러움에 눌러버린
내 눈물 닦아 주시네
새벽 미명 태양이 불타오르듯
당신 향한 내 사랑
낮은 자리에 앉은 이들을 위해
스스로 불되어 타오르리라

유월의 기도

인생이 꼭 겪어야만 알게 되는 건가요?
안 겪고 알면 안 되나요?
굳이
제가 알기를 원한다면,
그저 느낌으로 알게 하소서
온 사방
상처뿐인 내가 아닌
순결한 영혼으로 알게 하소서
내 미련함으로
육신을 벌하지 마시고,
밝은 영안으로
하늘 문 열게 하소서
이제 더는
아픔으로 기억되는 삶을 지우시고,
치유로 살아가는 삶 되게 하소서
아직도
덜 떨어진 내 모습이 보이신다면
그조차 지혜로 알게 하소서

이젠
부드럽게 타이르셔도
충분히 듣겠나이다
제발,
상처받은 내 잔을
이제는 치워주소서

유리벽

내 심장은 유리벽으로 만들어졌나 봅니다
숨길 수가 없으니
차마 미워한다 말하지 못하고
차마 떠나련다 말도 못합니다
유리벽을 감출 수 있는 것은
아마도 빗물일 겁니다
거칠 것 없는 소낙비는
고맙게도 내 눈물 감춰줍니다

때론, 거짓말도 하고 싶습니다
누구에게나 들키고 싶지 않은 비밀은 있으니까요
너 없이도 살 수 있으니
염려 말라 손 흔들고 싶었습니다
그러나, 유리벽 내 심장은,
이내, 당신 발목을 묶어버립니다

언제부터인가, 머리와 심장은 그 길을 달리하고,
흡사 나와 상관없는 기관들인 양

모두들 제멋대로입니다

심장은 과거를 붙잡고, 머리는 이미 앞길을 내달리고
있기 때문입니다

비가 그친 날

유리벽 내 심장은 철없이 옷을 벗고

당신을 위해 아무것도 할 수 없이 해버립니다

절대로 정직하고 싶지 않은 날도 있습니다

내 정직함으로 당신을 괴롭힌다면,

내 호흡하고 있음이 원망스럽기 때문입니다

이미, 유리벽 속에 숨어버린 심장을 어찌 꺼내어야
합니까?

차라리 당신이 눈멀었으면 좋을까요?

아니면, 내가 투명인간이 되어야 합니까?

아기천사의 세상

세상 몽땅 이 빛이라면 얼마나 좋으리
어둠을 밝음으로 인도하니
꼬맹아!
너는 천사로 내려와
우리에게 빛이 되고 기쁨이 되어
네모진 할미의 맘속을 둥글려 주는구나
세월은 절로 내리사랑을 만들고
눈에 담기조차 아까운
빛을 뿌리고 있구나
너는 내 세상과 다르기를
따스한 봄볕에 숨을 쉬고
여름날 땀 흘린 보람이
가을의 풍요로 보답하며
하얀 겨울이 너를 쉬게 하기를
지나친 눈부심보다는
예쁜 눈 크게 뜨고 바라볼 수 있는
연녹빛 세상이기를

비울 수 없는 그리움